『サイフォンで』栞

そこにベンチのある幸せ　百々登美子
鉄道唱歌うたいおわりて　久々湊盈子
晶やかな時の旅人、風を視る人　山下雅人

砂子屋書房／2016

そこにベンチのある幸せ

百々登美子

黒沼春代さん作品は「合歓」の誌上以外では知らなかったので、私には第二歌集『サイフォンで』が何よりの手掛かりなのである。
初めて会ったときの印象はこの人の眼であったと思う。近寄るでもなく声をかけるでもなく、それでいて存在を示した眼が穏やかにこちらに向けられていたのを覚えている。何の話をしたかも記憶にないが、何となく交流を始めてから二年余りになる。いつも「近ければ」と残念がりながら鳥や花の話をするくらいだが、付かず離れずの他愛なさが安定剤のような役目をしてくれる人である。

きりもなくこぼれて落つるえごの花うけとめる掌に小さくはずむ
すがやかな面にて息を止めたるをそれが死だとは信じがたくて
常の日にともに歌いし鉄道唱歌この世いでゆく母にうたえる
ひいやりとわが内にある塊《かい》ひとつ白鳥を観る旅に持ちゆく

そんなにうすっぺらになっていいのだろうか雲に透けてる十五夜の月

二〇〇三年から二〇〇六年に掛けての歌は、義母と母と二人の別れから始まるとある。第一歌集『ゆりかごのうた』を読ませてもらうと母への看護、介護に心を尽くした日々が詠われている。鉄道唱歌は娘の顔を忘れてゆく母と共に歌った歌だという。もう歌うことの叶わなくなった母に歌う心の内を想像するに、それは悲しみよりしずかな愛に満ちたものだと思われる。この穏やかな別れに比べると、義母との別れはあまりに衝撃的である。「すがやかな面」を前に突きあがってきたのは「なぜ」という問いであったはず。この集には折に触れて義母への理解を深めてゆく歌があるのも当然と納得できる。四首目にある「ひいやりとわが内にある塊」が消え去ることはこの先もなさそうである。白鳥も十五夜の月も美しくて当然のもの、どんな答えを得たのだろうかと思う。

むかし人は鳥だったという話、冬の空かける風から聞きぬ
髪の色すこし明るく染めあげてよそゆき仕上げのわたくしが行く
小競り合う小鳥の声がまるまって落ち行く気配四月朔日
生きものはあたたかいよロンパリのしろい仔猫の写真が届く

一首目の「人は鳥だった」と教えてくれたのは冬空の風、そう聞かされても飛べるものではないが、時

にはそれも救いになる。鳥に成りたいのではなくて、鳥のように、なのである。鳥は自由というのは、人の勝手な憧れに過ぎないのだが、飛びたいという気持ちのなかには、遠景に魅かれるものがあるのだろう。遠景とは記憶の底にある命の故郷だという説もある。

二首目、思い切ったことはとても出来ないのである。ともかく少し髪の色を明るくする程度でも主婦にとっては気持ちの変わるもの。装った姿を他者の眼で見ているのが面白いのである。「よそゆき仕上げ」に気恥ずかしさも滲む。控えめながら踏み出す一歩のようだ。この先の生の模索も感じられるように思う。

三首目、四首目のように身近な小動物を詠うときはほのぼのとした温みがあって楽しめる。耳に入る気配から想像する鳥の行動を見事にとらえたのは耳の確かさだろう。多分小鳥だろうと思ってみるが、「小競り合う」という受け取り方は、子どもの小さないざこざと取れなくもない。その声を「まるまって」と表現したのは新鮮である。普通声は散るからである。見事と思う。四月朔日の日付がぴたりと決まっていて活き活きとした春になった。何鳥だろうと考えてしまう私などは失格ということになる。次のロンパリの写真の仔猫はついその愛らしさに引き込まれそうだが、「生きものはあたたかいよ」はそこを外して、送り主の心も入れて生きていることの喜びを伝えているような温かさがいい。

発条《ぜんまい》仕掛けの鼠のごとく屋根のうえ枯葉一枚つつつつつつつ
頭から足の先までぞっくりと黄色になって堤を歩く
ダンス靴下駄箱の隅に置かれいて夫のステップ見たることなし

放射能値のたかき流山どくだみ抜かず風呂にも入《い》れず

何気なく見ていただろう屋根の上の枯葉の動きを素早く鼠の動きにする。それも発条仕掛けだ。軽やかそうでぎごちなさも混じる。気儘な風が吹いているのだろう。結句の七音の「つ」が活きていてたのしい。

次の歌は江戸川ではないかと思って読む。私がこの川の名をいったとき、すぐ携帯で撮った写真が送られてきた。春には川堤一面にからし菜の花が咲くとあった。行けども行けどもからし菜の黄色になるという。この春蕾を摘んで食卓に乗せたともあった。「近ければ」という言葉も添えての報告である。全身だけではなく胸の奥まで黄色に染まったのではないかと思ったりした。

自宅の庭に繁茂するどくだみはもう使えないという。原発事故は干して風呂に入れるという利用法を奪ったのだ。小さなことが消されることは問題にはされないが、その先はどうなっていくのだろうと考えてしまう。

身の凍みるような朝です公孫樹の黄ざくざく踏んで娘《こ》が帰りゆく
たましいの疲れに何を補給するちりめん皺の冬の江戸川
落葉松の林に立ちてからまつの降る音を聴くふたりの耳で
けむってるあの空あたり夏の富士いるはずなんだ　白鷺の舞う
こんなにも疲れた日には待っていてくれるはずだとわたしのベンチ

「身の凍みるような朝」こうした言葉の奥に心の内を秘めてくる。少しずつ変化してきてはいるが「ひんやりした塊」は消えていない。さらりと読んだ歌も何回も読むとだんだん重いものを感じるようになった。この歌集の底を流れているものは、生きている以上解決のつかない寂しさではないのだろうか。それは誰にも共通するはず。「あとがき」には「たんたん」と日常を詠うとあるが、そこに積み重なる押さえ難いやるせなさも、などと勝手に思う。旅はいつも自然の中。その中に問いかけ答えを見つけてきたと見る。同じ風景を訪ねても受け取るものは違う。私は一度一緒に江戸川の堤を歩いてみたいと思ったりした。

黒沼さんにとって、「作歌とは生きることとひとつことである」と、加藤克巳氏の言葉があるが、この先が期待される。

鉄道唱歌うたいおわりて

久々湊盈子

黒沼春代さんが重い腰をやっとあげて第二歌集を編むという。第一歌集『ゆりかごのうた』の出版がたしか二〇〇三年であったから、十三年ぶりの歌集というわけだ。今年、現代歌人協会の会員になられたこともいいきっかけになったのだろう。わたしは流山市にいたころ住まいが近かったこともあって「個性」時代からもう三十年以上も親しくさせていただいてきたが、黒沼さんは「個性」終刊後も途切れることなく短歌を作り続けて、現在では「合歓」の重要な担い手の一人として無くてはならない存在になっている。

黒沼さんは何事にもおっとりしていて、少々のことでは慌てない。ものごしもそうだが、彼女の口から他人と比べてどうであるとか、誰が羨ましいといった言葉を聞いたことがない。ご亭主の愚痴も友人関係の蔭口のたぐいも聞いたことがない。もっと口惜しがったり怒ったりしてもいいのに、と直情径行のわたしが勝手に気を揉むくらいなのである。

それは良くも悪くも作品に現われていて、読んでゆくとほんわりと温かくゆるやかな流れに乗っているような気分にさせられる。どこか茫洋としていて、人の世の悲しみも嘆きも空をゆく白雲に乗せて流してしまえばそれまでよ、とでもいった恬淡とした気分になるのである。そのことは多分、彼女が若いころから詩を書いてきたことと関係があるかもしれない。日常の感情の機微をリアルに紡ぐことの多い短歌とはちがって、喜怒哀楽をナマなかたちで表出するのではなく、いったん自分の底に沈めて宥めてから取り出すような、一拍とまではいかないが半拍くらいの「待ち」がかかっているように思うのだ。

現実の感情をナマな状態で差し出すことに対する含羞といってもいいかもしれない。実母の死、姑の死、自分の入院、手術といったかなり切迫した事実もさりげない日常の続きのように歌われている。

常の日にともに歌いし鉄道唱歌この世いでゆく母にうたえる

鉄道唱歌うたいおわりてわが母は空のあちらの人となりたり

ツピツピと朝を啼いてる春の鳥どこにも母はもういないのだ

桃色濃き小花びっしりたゆたえる百日紅義母よ見えていますか

文字大き義母の形見の腕時計一年を経て身になじむなり

店先に並ぶ初物の市田柿供えてやらん義母の好物

実母も義母もほとんど同じ愛情をもって歌われているから「はは」とひらがなで書けばまったくその差異は無いと言えるだろう。命終近い母親の耳元で鉄道唱歌を歌って聞かせるという思いつきはいかにも黒沼さんらしいし、そのことによって母との永訣の場面をありきたりの愁嘆場になることから救っている。しばらく同居されていた夫の母親に対しても、好きだった百日紅や市田柿を目にするたびに懐かしく思い出している様子がごく自然なかたちで歌われ、亡くなられたのちも死者は常に彼女の傍にあるもののようだ。

そういえば、黒沼春代さんの歌集のゲラを読んでいくうちに気がついたことのひとつにオノマトペがじつにうまく使われているなということがある。しかもそれは多く彼女らしい童心とユーモアをまとった個性的な表現で、一首の雰囲気を伝えるのにいい働きをしているのであった。

なかなかに平熱にもどらぬ頭《ず》の中をけろろけろろと水の流れる
じゃあじゃあと言い訳めいて啼く鴉うたたねの耳にくり返し聞く
やんだやだと今朝は聞こえる鴉の声夏風邪に臥せればことさら大き
海ぶどうむぎゅむぎゅと口に不確かな南の海の香を運び来ぬ
早朝をきて啼く鳥もかなしいよつうーぴつうーぴとたれを探せる
昼の暑さ集めたような赤い月ぐずらぐずらと昇りゆくなり

何日も高熱の続いたあとの何となく正気に戻ってないような頭の中を「けろろけろろ」と水が流れたり、もう起きなくちゃと思いながらうたたねをしている耳に言い訳めいて「じゃあじゃあ」と啼く鴉はさらに「やんだやだ」と駄々をこねてもみせるらしい。南の島の海ぶどうは美味しいというよりもあの歯触りを楽しむもののようで、「むぎゅむぎゅ」と言われればそういう感じもする。朝早くから庭にやってきて右を見、左を見、「つぅーぴつぅーぴ」と啼く小鳥。「ぐずらぐずら」と昇ってゆくのは満月に近い月、と思えば八時も回った頃合いか。真夏の夜の倦怠感がよく出ている一首と言えよう。

黒沼さんがご主人の影響でこんなにコーヒー好きだとは最近まで知らなかったのだが、お宅にうかがうと専門店にあるような大きな水出しのコーヒーメーカーがグランドピアノのある居間に据えられていて、ちょっとしたインテリアになっている。これは息子さんからのプレゼントだということだが、集名となった、

ああ今日はサイフォンで淹れて飲みましょう五十年前のコーヒー茶碗で

という一首に出てくるコーヒー茶碗は結婚祝いにいただいたというノリタケの真白いカップである。五十年前、つまりご夫婦はまもなく金婚式を迎えられるということだ。ここまで毀すことなく大切にしてきたコーヒー茶碗、それは家族であり友人であり環境であり短歌であり、といった黒沼さんがかけがえのないものとして慈しむすべてを代表させているのだろう。せかせかと忙しい現代にありながらどこかゆったり息をしているような彼女の存在は貴重であり、その歌はこれからも読むものをほのぼのと温かい心持にしてくれるにちがいない。

晶やかな時の旅人、風を視る人

山下雅人

本歌集は二〇〇三年から二〇一六年までの作者の来歴を踏まえて構成されている。しかし読後感としては、時空を自在に往還する、旅人感覚が横溢していると思えた。光と翳のさざめきに耳を澄まし、目を見開いて、人生という時空を旅する感覚が豊かに伝わる一巻である。

たなばたの夜をえらびて逝くなんて義母《はは》の本音をみた心地する
文字大き義母の形見の腕時計一年を経て身になじむなり
しつけ糸とらざるままの鮫小紋そろいのバッグも母の柩に
ツピツピと朝を啼いてる春の鳥どこにも母はもういないのだ

義母、母との別れの一連が冒頭にあるのは象徴的だ。「義母の本音」とは何か、「たなばたの夜」に逝くという現実を嘆きつつ、義母の来歴を暗示している。また実母の死では「どこにも母はもういないのだ」

という率直な感慨に、「あてどなく空無な時空」に抛り出されたという思いが強く滲む。どこか死者からの彼岸的眺めとして、この世の風景と同化させるような視点が、以降も本歌集の主張低音として響いているように思う。

傘さして行く六月の木下闇そこだけ白くえごの花ある

木下闇に明滅する白いえごの花は、死者の魂と重ねられているだろう。

不規則に心音するに気づきたり人間商売そろそろ終盤
素直さの欠けたるゆえか近頃は涙を流すことの少なし
係累の少なくなりしをさびしめる無花果ぽてぽて実の熟したり

母の死以降、自らも後半生に入り「人間商売そろそろ終盤」の思いは否応なく凝縮される。係累の減る現実を「無花果ぼてぼて実の熟したり」と質感として捉えたアイロニーは秀逸だ。

がぎぐげご濁点とってかきくけこ若き日の吾はそんな感じか
思い出の中に生きいる酸模《すかんぽ》がこんなところに細くゆれてる

生田春月ほれぼれ読みし若き日に行きつもどりつ葡萄を食める
かつて砂に埋《うず》めてしまいし愛ありてひとりたずねる白き砂浜

本歌集のモチーフを「時の旅人」としたが、単なる回想詠ではないこれらの作品には、その特徴が鮮明に示されている。過去のときめきを現在化する短歌の力が、ありありと働いている。がぎぐげごをかきくけこへと変換させる音感の妙、酸模の香まで感じさせる二首目、生田春月に触発されて味わう葡萄、白き砂浜の触感に促されるロマネスクな再現……聴覚、嗅覚、味覚、視角、触角……五感を駆使して現在と過去を往還する魂の軌跡が鮮やかだ。

林のベンチうつむいている青年の吾子に似ておれば引き返しみる
アロエベラ溢沁《いっぴつ》あれば哀しくて食べられぬという息子の妻は
留守電に閉じ込めておく娘《こ》の声をさみしき日にはこっそりと聴く

すでに独立して世帯を持っている息子、娘を歌った作品にも不可思議な味わいがある。共に家族として過ごした時間が踏まえられているのはもちろんだが、それぞれの距離感を絶妙にして単純な比喩で描いているところがよい。二首目は「息子の妻」に着眼したところが出色だ。溢泌とは植物の枝や幹などを切断すると、その傷口から多量の水液が出てくる現象だが、そこに「息子の妻」への共感の接点を見出そうとしているのが、歌人の感性というものなのだろう。

ダンス靴下駄箱の隅に置かれいて夫のステップ見たることなし
蒲の穂を十本かかえ夫帰る笑いはじけて迎え入れたり

現在進行形で共に暮らす夫婦の機微を歌う作品には、すれ違い感覚や温度差がありつつ、どこか同志的なユーモアで包み込むところが味わい深い。夫もまた旅人なのである。

砂の山作り続けているような歌集のなかの永井陽子よ
ああこんなところで気負わずに地固めをする地しばりの花
もしかして木馬に思いがあるのなら〈空飛ぶ木馬〉夢見ていよう
狂った智恵子の遊んだ浜に繋がると思えばうれし犬吠の海

四十九歳で急逝した歌人永井陽子、目立たない場所で地固めをする地しばりの花、空飛ぶ木馬、神経を病んだ智恵子、……いずれもこの世から逸れつつ、ひたすら純粋な魂を紡いできた者（物）たちだ。ここに在り、しかもここではないどこかをめざすのが旅人の魂というもの……その共鳴感覚が波紋のように広がる短歌作品だ。また作者には成熟拒否とでもいうべきか、幼年、あるいは思春期の少女そのままの、好奇心に満ちた感性が、随所に閃いているところがある。身めぐりの動植物を歌う時、その感性は遺憾なく発揮されている。

長いしっぽの蜥蜴が一匹庭に棲む知っているのはおまえとわたし
やんだやだと今朝は聞こえる鴉の声夏風邪に臥せればことさら大き
この音はあっ小啄木鳥《こげら》なり桜木の幹を走りて上枝《ほつえ》にとまる
十月の柑橘の葉で育ちたる揚羽の幼虫まこと小さく

蜥蜴や鴉、小啄木鳥、葉陰の幼虫等の命の身じろぎの気配を捉え、まだ聞こえない音を聴き、まだ見えていない風景を眼前に蘇らせようとしている。

林には裸木ばかりおくまったベンチに掛けて風を視ている
歩いた記憶ばかりのひと日われを待つ林のベンチはたそがれている

旅人は時に立ち止まり、なにが人生の道しるべなのかを見極め、さらに遥かをめざす者のことであろう、風の音色に耳を澄ませて。
時空を越えた旅人として、さらにすがすがしい風を求めて、流離《さすら》ってほしいと願う者である。